我就是我

JE SUIS MOI ET PERSONNE D'AUTRE

〔法〕巴蒂斯特·博利厄◎著　　〔加〕冷　沁◎绘　　张贞贞◎译

北京科学技术出版社
100 层 童 书 馆

在我们班教室外墙上，某个挂衣钩上方的姓名贴上，写着我的名字：弗朗西斯科。我喜欢自己的名字，我是学校里唯一叫这个名字的人。弗朗西斯科就是我，独一无二的我。

我的名字，在新来的女同学维多利亚和班上最高的男生扎沙里的名字中间。

维多利亚　　　弗朗西斯科　　　扎沙里　　　诺米

弗雷　　玉子　　奥利弗　　戴尔　　法图

3

课间休息时，扎沙里对我说："走，跟我一起去找朱立踢球！"我不喜欢踢球，但又不想扫他的兴，于是说："太棒了！"

餐厅里，朱立扯了扯我的衣袖："走，我们去逗女生玩儿！"我想拒绝，但话都到嘴边了还是没说出口。我有点儿为难，总觉得说"不"需要理由。

男生们嘲笑维多利亚："你的头发就像拖把头！"我听着心里很不舒服，但不敢替她说话。为了讨好朱立，我甚至笑出了声。

取外套的时候，
我注意到自己的名字
少了几笔。真奇怪！

美术课上，班主任格玛老师问我们最喜欢什么颜色。轮到我的时候，我说自己最喜欢粉红色。扎沙里和其他男生都嘲笑我："什么？粉红色是女生的颜色！"我赶紧改口："我说错了，我原本想说红色。"

　　班主任微笑着对我说："弗朗西斯科，你有权坚持自己的想法。"

朱立和扎沙里有变得更喜欢我吗？我跟他们一起踢球，跟他们一起逗女生玩儿，还改口说我最喜欢的颜色是红色，而不是粉红色。

"今天过得怎么样？"妈妈接我放学时间道。

我回答："很好！"但这不是实话。我不开心，虽然我总是跟在朱立和扎沙里后面，但我并不认同他们的做法。

成年人总对我们说"你有权坚持自己的想法"，但他们并没有教我们具体该怎么做。

9

这天早晨，在校门口值班的老师催我走快点儿。"赶紧跟上，小姑娘。"她一边说，一边推我的书包。我身边的男生们全都大笑起来："哈哈，小姑娘！小姑娘！"

我有点儿生气，躲进了洗手间。我看着镜子中的自己，感觉自己脸太瘦了。我希望自己长得更高一些、更壮一些，跑得更快一些。我希望自己跟其他男孩更像一些。

挂衣服的时候，我发现我的姓名贴上一个字都没有了。朱立笑话我："没关系，我们叫你'小透明'好了！"大家都笑了，除了我。我想哭。似乎，我还是那个我，但身体里却空空如也。

课间，维多利亚对我说："我喜欢踢球，但没有男生同意我加入。"我叹了口气："我……我喜欢跳绳，但我怕大家笑话我。"维多利亚高兴得蹦了起来："要不我们先一起踢球，再一起跳绳？"

　　开学到现在，我第一次感觉这么自在。我们俩玩了个痛快。或许，我们并不需要跟所有人都成为朋友？

上课了，我们看了一部非常感人的电影。我感觉有一滴眼泪从脸颊滚落。"呜呜呜！"几个男生大叫起来，"看，那里有个爱哭鬼！"

我反驳道："我有掉眼泪的权利！"

格玛老师冲我眨了眨眼。扎沙里对着我微笑，可能他也觉得电影很感人。

我松了口气。眼泪流出来，总好过藏在心底。

我跟维多利亚在操场上玩，朱立凑了过来，对我说："你想跟我们一起踢球吗？"

　　"可以，但前提是维多利亚也加入。"

　　他不屑地说："我们不跟女生玩。"

　　"如果你们不和维多利亚踢球，那我也不踢了。"

　　朱立看起来有点儿不高兴："你以为你是谁，竟敢拒绝我们？"

　　"我就是我，不是其他任何人！"

　　维多利亚把手搭在我的肩膀上，我觉得她为我感到骄傲，这增长了我的勇气。声音细微如我的人也有自己的价值：将自己细微的声音与他人的声音叠加在一起。

16

这天晚上，我听到妈妈在厨房里和爸爸说话……

"我太累了，一天到晚忙个不停，没有一点儿属于自己的时间。没有人问我的看法，没有人在乎我想要什么。我累得都快想不起自己的名字了！"

原来，每个人都一样。大人也有可能弄丢自己的名字——一笔一笔，一天一天，在不知不觉中。

第二天早晨，妈妈进房间时我已经坐起来了。

"呦！今天醒这么早？"

"嗯，我在思考。在大人的世界里，说'不'似乎也不是一件容易的事。"

妈妈把我拥在怀里，轻轻地抚摸我的额头。"是的，弗朗西斯科，你说得对。很难！即使长大成人，我们还是担心说'不'会招人反感。"

"那长大又有什么意义呢？"

我跟妈妈讲了自己在学校的经历。我告诉她，当我没有坚持自己的想法时，我的名字渐渐消失了；而当我最终选择做自己时，心里有多么轻松。事情就是这么简单。

妈妈静静地看着窗外。过了一会儿，她对我说："谢谢。"

"你说得对，弗朗西斯科。我不希望生命悄然流逝，自己却没有全情投入。从今天开始，我要找回我名字里的每一笔、每一画！"

25

你呢？上次说"不"是什么时候？

我就是我

在我还在医院实习期间，我所在科室的主任似乎以欺负实习生为乐，好像不在晨会上把实习生惹哭，他这一天就不痛快。身为实习生的我们往往面面相觑，敢怒不敢言。他掌握权力，令人生畏，简直就像穿着白大褂的拿破仑。一名实习生只是将"胸部X光片"说成"肺部X光片"就被他当众羞辱一番。有一天，这种事发生在了我身上。我也不知道自己那天怎么了。我想当时的我肯定心力交瘁，根本不在乎后果。我想揍他，这从我的眼神就能看出来。但我还是决定用语言表达自己的愤怒。"够了！"我吼道，"别再这样跟我们说话了！我们不是任你践踏的地垫，我们值得你尊重。我警告你，这是最后一次，不要再这样对我。"我以为他会满脸通红地当场把我赶走，让我再也不要踏进他的科室半步，但事实并非如此。从那天起，这个人再也没有羞辱我。我的实习成绩还算公道（不太好，但也不差）。我甚至感觉他后来有些尊重我。或许他看到了我发怒时眼中一闪而过的疯狂，所以有点儿怕我，就像我们有点儿怕那些走路时自言自语的人一样。

有时候，你必须展现自己的力量，或者至少做出明确的拒绝。在那天之前，我不知道自己的底线在哪里。我一直忍，忍到满腔怒火熊熊燃烧，导致情绪凌驾于对话和沟通之上。我现在知道自己不该一直忍，但当时的我很害怕，害怕说了"不"就会不受欢迎、惹人不高兴、让人失望。于是，我拒绝"讲述自己的故事"，而任由自己"卷入别人的故事"。说来也奇怪，开始写小说以后，我学会了说"不"。我想象出一个个坚强的人物，他们能言善辩，能够掌控自己的生活。在讲述他们的故事时，我问自己："为什么不是我？为什么他们能做到，而我不能？"决定权在我自己手里，不是吗？

我讲述弗朗西斯科的故事，是想写一本教孩子说"不"的书，教孩子划定自己的边界。我还想告诉孩子，"不！"就是一个完整的句子，你如果不想解释，可以不解释。

这真的很难。当你还是一个孩子时，你很难坚持自己的想法。有时，你会觉得别人（朋友、大人）的意见已经占据了所有位置！其实，即使没有拿到比赛的第一名，你也可以很强；即使内心细腻、敏感，你也可以很强。当然，你也可以一点儿都不想变强。你可以拥有其他同样优秀的品质。我们应该把这些告诉孩子……还有我们自己！因为成年人也会遇到这样的问题，生活琐事和习惯会把我们的棱角磨圆。我们不假思索地迎合他人，因为我们下意识地觉得"不"是一个只属于他人的词，一个我们不配或者不再配得上的词。担心惹人不高兴，我们就勉强自己。渐渐地，我们淡出了，消失了，失去了自己的名字。但是，人生短暂，我们不应把自己从生活中抹去，不应放弃讲述自己的故事，放弃做自己故事的主角，放弃成为独一无二的自己。如果我们不做自己生命的主角，谁又能代替我们呢？如果我们不以身作则，又怎么能教会孩子如何做自己呢？

巴蒂斯特·博利厄

作者简介

巴蒂斯特·博利厄，全科医生，在图卢兹有一家诊所。2015年他出版了自己的第一本书《就这样：1001次急救》并获得巨大成功：该书被翻译成14种语言，并获得"法国文化有声读物奖·在黑暗中阅读奖"。他的获奖作品还有小说《于是，你不再悲伤》（中学生地中海大奖，2016年）、小说《灰发孩子的诗》（法国国家药学科学院文学大奖，2017年）等。从2018年开始，他在法国国家广播公司旗下的国内综合台担任《为你好》节目的专栏编辑。他还出版了两部诗集：《快乐之余》和《永远别怕》。2022年，他开始创作"爱的三部曲"：《每个人都很美》《不一样的眼睛》和《我就是我》。每一本上市后均长踞亚马逊童书榜榜首。

绘者简介

冷沁（曾用译名：秦冷），华裔女作家，"加拿大总督文学奖"获奖者，毕业于蒙特利尔梅尔·霍普海姆电影学院，现定居多伦多。她的插画和短片作品多次获奖。

Je suis moi et personne d'autre, written by Baptiste Beaulieu and illustrated by Qin Leng

© Les Arènes, Paris, 2024

Simplified Chinese edition arranged through Dakai - L'agence

Simplified Chinese translation copyright © 2025 by Beijing Science and Technology Publishing Co., Ltd.

著作权合同登记号　图字：01-2024-6087

图书在版编目（CIP）数据

我就是我 /（法）巴蒂斯特·博利厄著；（加）冷沁

绘；张贞贞译. -- 北京：北京科学技术出版社，2025（2025重印）.

ISBN 978-7-5714-4554-6

Ⅰ . I565.85

中国国家版本馆 CIP 数据核字第 2025V6W637 号

策划编辑：张贞贞	电　话：0086-10-66135495（总编室）		
责任编辑：吴佳慧	0086-10-66113227（发行部）		
封面设计：沈学成	网　址：www.bkydw.cn		
图文制作：天露霖文化	印　刷：北京顶佳世纪印刷有限公司		
责任印制：李　茗	开　本：889 mm×1194 mm　1/12		
出 版 人：曾庆宇	字　数：42 千字		
出版发行：北京科学技术出版社	印　张：3.333		
社　　址：北京西直门南大街16号	版　次：2025年5月第1版		
邮政编码：100035	印　次：2025年7月第2次印刷		
ISBN 978-7-5714-4554-6			
定　　价：69.00元